AF336284

Y

fe

1477.5

Encore un Mot,

SATIRE

crue

DE M. BAOUR-LORMIAN,

L'UN DES QUARANTE DE L'ACADÉMIE FRANÇAISE.

PARIS,

LIBRAIRIE DE L'INDUSTRIE,

RUE SAINT-MARC-FEYDEAU, N. 10.

PÉLICIER, LIBRAIRE,

PLACE DU PALAIS-ROYAL.

ET CHEZ TOUS LES MARCHANDS DE NOUVEAUTÉS.

1826

IMPRIMERIE DE J. TASTU.

PROLÉGOMÈNES.

On a déjà pu voir, dans la *Pandore* du 15 décembre de cette année, quelques fragmens de cette satire, que les rédacteurs de ce journal ont attribuée comme nous à M. Baour-Lormian. Ils en étaient si convaincus qu'ils ont annoncé dans leur bonne foi qu'elle allait paraître chez Ambroise Dupont; et celle que publie ce libraire est tout-à-fait différente. Nous ne pouvons nous empêcher de croire que c'est une sorte de mystification que ledit Dupont se permet envers l'académicien ou envers le public, et nous sommes intimement persuadés que celle-ci est la véritable satire du grand poëte toulousain. Notre principale raison est que nous la trouvons beaucoup meilleure que l'autre.

Elle est *illustrée*, suivant l'usage classique, de *scholies* intéressantes, qu'on présume être l'ouvrage de MM. Buchon et Trognon, quoique ce dernier doive être *grognon* depuis qu'il a éprouvé l'ingratitude du prince de notre littérature pour sa personne et surtout (qui le croirait?) pour ses besicles.

Juges du camp, r'ouvrez la lice des combats !
C'est moi, c'est le *quarante* à son double trépas
Échappé pour punir la noire ingratitude
Qui de me déchirer fait son unique étude.
On croit sur le Parnasse arriver de plein saut,
Dès qu'on sait imprimer que Baour n'est qu'un...[1]
Je vous arracherai vos masques fantastiques,
Car je vous connais tous, nébuleux romantiques !
Moi qui toujours fidèle au culte d'Apollon,
Ne suis jamais sorti de l'antique sillon,
Je l'avoûrai, jadis ma chambre hospitalière
A réuni parfois la horde irrégulière[2] :
Je voulais convertir ces esprits de travers ;
Mais ils buvaient mon punch et dormaient à mes vers.
Que faire après cela de semblables Barbares ?
Peindrai-je leurs transports et leurs clameurs bizarres,
Sitôt qu'un d'eux hurlait son chef-d'œuvre nouveau ?
Le titre... « Ravissant ! » Le premier mot... « Bravo ! »

Et ma triste Hippocrène, hélas ! si peu louée,
Humectait ces bravos dans leur gorge enrouée :
Tout mon sucre fondait à mes yeux consternés ;
Tous les coups d'encensoir passaient devant mon nez.

D'Amphytrion pourtant je soutenais le rôle :
Pour tous les vendredis ils avaient ma parole ;
C'est le jour qui m'est cher comme à Vénus. Un soir,
Au foyer poétique empressés de s'asseoir,
Tous sont accourus, tous, bravant la fange immonde ;
Et ceux que l'Éléphant abreuve de son onde ;
Ceux que de Luxembourg ombragent les forêts ;
Ceux qui, nouveaux Pythons, sortent de leur Marais ;
Ceux dont, tous les matins, la mémoire incertaine
Tourne encor les regards vers la Samaritaine ;
Et ceux que la Rapée enivre de ses vins ;
Et ceux aussi qu'envoie à mes Lares divins
(Rapprochement heureux dans le siècle où nous sommes)
La butte de Montmartre ou celle des Bons-Hommes.
Tous assiégent en vain la porte de l'hôtel,
Mais, leur répond Bonr³, le dieu manque à l'autel.

Il dit, et moi, caché par le voile du temple,
Je ris de leur courroux que d'en haut je contemple.
Tout fuit ; en murmurant chacun prend son essor :
Le vendredi revient et les attend encor.

Groupés sous la lueur du prochain réverbère,

Où les suivit des yeux mon fidèle Cerbère,
Avant de se quitter, leurs gestes menaçans,
Leurs cris conspirateurs effrayaient les passans.
J'entendais ces bruits sourds, précurseurs de l'orage;
Mon nom retentissait dans leurs sermens de rage.
« C'en est fait, » disaient-ils, « point de trève avec lui. »
Je n'entendis plus rien; mais je lis aujourd'hui.

Ils ont tort cependant de me garder rancune;
Leur visite jamais ne me fut importune :
J'espérais être, après un accès un peu long,
A l'heure de Diane affranchi d'Apollon.
Mais en vain, m'indignant de ma verve glacée,
J'avais dès mon réveil tourmenté ma pensée,
Et par trop *puérils* en leur *civilité*,
Ils n'ont pas fait la part de l'infécondité.
Hélas! il est donc vrai qu'une rime rétive
Peut faire évanouir l'amitié fugitive!
C'était pour une fête... ou bien pour un malheur;
(Je chante également la joie et la douleur;)
Je méditais enfin dans ma sainte tristesse,
Pour les municipaux de la grande Lutèce,
Un chant patriotique et du plus noble effet,
Qui valait mille écus... pour monsieur le préfet.

C'est depuis lors, ingrats, que chacun me renie,
Que vous avez cessé de croire à mon génie;
Mais, comme vous voyez, je ne me tiens pas coi,

Et vous m'admirerez ou vous direz pourquoi.
Et pourquoi, s'il vous plaît, faut-il que je pâtisse
Des oracles menteurs du dieu de la notice?
AUGER, quelques succès qu'il puisse s'arroger,
N'est qu'une variante, et de qui? de ROGER!
Mais MOI, MOI qui suis MOI, MOI qui seul vous défie,
Tous ces classiques là, je vous les sacrifie.
Si l'on veut au pinacle élever CAMPENON,
La raison et la rime ensemble disent non;
Aux yeux de qui, bon Dieu! Clio consacre-t-elle
Les rogatons du vieux LE-JEUNE-LACRETELLE?
S'il croit être poëte, Alexandre DUVAL
Mérite bien les coups du poëte du Val [4];
DROZ pourra s'occuper dans un prochain ouvrage
Du bonheur... [5] d'être élu sans avoir un suffrage;
Proscrit de l'Hélicon, mon cher croisé MICHAUD,
Conviens que dans tes vers le printemps n'est pas chaud;
Et toi, de mots pompeux arrangeur historique,
Qui fis au vieux Cromwell faire sa rhétorique;
Vous tous qu'enfin, s'il peut, le diable comptera,
Et qu'en deux mots comprend l'immense *et cœtera*,
Abjurez désormais le fatras schôlastique:
C'est moi qui suis le seul et le vrai romantique!
Ce discours vous étonne? ô combien *Elfridi* [6]
Vous fera voir bientôt d'étoiles à midi!
Amis, d'un goût usé vous y pleurez l'absence?
Avez-vous oublié qu'en mon adolescence,
Lorsque je m'adjugeai le nom de LORMIAN [7],

Ce fut pour bien rimer avec mon Ossian ?
Bien plus, me ranimant de mes langueurs passées,
Je veux *galvaniser* mes œuvres trépassées.
Pour mettre mes censeurs et leur rage en défaut,
J'écrirai, j'écrirai... je lirai, s'il le faut !
Aux fruits harmonieux de mes antiques veilles
J'inocule aujourd'hui de nouvelles merveilles.
Parterre qui bâillas au *second Mahomet*,
Tu t'y réjouiras, BAOUR te le promet.
'Talma, te déroulant mes lamentables pages,
Fera, pour te complaire, éventrer tous ses pages [8],
Et du ventre coupable extraira le melon :
Pendant ce beau spectacle, un enfant d'Apollon,
Grand faiseur d'à-propos, d'hymnes et d'épilogues,
Pour ce long-temps gagé par les Paléologues,
Aux sons de la cymbale, aux accords du tam-tam,
Chantera l'équité du sublime sultan.
Mon *Joseph* [9] (loin de moi l'allusion sinistre !
On sait qu'il fut brave homme avant d'être ministre),
Joseph, que la pudeur rougit d'un noble fard,
Sermonera très-fort madame Putiphar ;
Mais enfin, n'en déplaise aux têtes à perruque,
Il plaindra les douleurs d'une femme d'eunuque ;
Et bravant la Genèse et son autorité,
On ne doutera plus de sa virilité.
Puisque le mauvais goût seul a droit de séduire,
Et puisqu'à l'essayer on a su me réduire,
Qu'on tremble ! l'on verra comme je l'atteindrai ;

Des flots du romantisme, amis, je me teindrai.
Mais ses fiers sectateurs sont toujours des Vandales ;
Je les suis avec rage en leurs brillans dédales,
Je les maudis... eh bien ! les classiques bonnaux
Avec mes ennemis liguent tous leurs journaux.
Tout fait chorus, *Drapeau, Globe, Étoile, Aristarque* !
Ils sont tous contre moi, contre tous je m'embarque [10].
Phébus me prête Argo, le navire divin ;
Dans le céleste port il pourrissait en vain :
Moi, je l'arme en corsaire et je mets à la voile.
Je fais feu sur le *Globe* ainsi que sur l'*Étoile* :
Tout ce qui n'est pas moi me voit des mêmes yeux ;
Tout ce qui n'est pas moi me devient odieux.
Argumens de coulisse, argumens de collége ;
A moi ! car tout est bon contre le sacrilége.
On a beau me prêcher le calme et la raison,
C'est des vers qu'il me faut et des vers à foison.
Qui ? moi ! l'on penserait qu'à mes fureurs parjure....
Le nom de Romantique est encore une injure ;
J'en veux flétrir encor les modernes essais,
Les modernes talens, les modernes succès.

Qu'avec plaisir Molière entendrait Lamartine
Parler si purement le français de Martine [11] !
A la barbe de *Han*, je dis à mons Victor [12]
Que de naître plutôt il aurait eu bien tort,
Car avec son *spladgest* et ses sombres chimères,
Il aurait fait sans doute avorter mes grand'mères ;

Qu'il ferait peur au diable, et qu'il prête aux bourreaux
Des accens inouïs au sein des Jeux Floraux.
Je fuirais de SOUMET l'alliance ennemie,
S'il n'était de Toulouse et de l'Académie :
Le sol gascon ne sait porter que de bons fruits ;
Le corps est infaillible, il l'est de droit ; j'en suis !
Le chantre douloureux des fils de la Savoie [13],
Qui nous a soupiré tant d'adieux à la joie,
Fait mousser la *blanquette* avec de gais lurons,
Et boit à la santé de madame *Mourons*.
Quant au rêveur ALFRED, que Dieu mit sur la terre
Pour nous tracer un cours de morale adultère [14],
Je blâme avec justice et d'un ton absolu
Son *Moïse* qu'on vante et que je n'ai pas lu ;
Qui, se plaignant au ciel de sa lente agonie,
Se débat, accablé du fardeau du génie :
Mon cœur qu'ils ont, hélas ! trop su stigmatiser,
Avec de tels malheurs ne peut sympathiser.
PICHAT, que du parterre enivrent les hommages,
Va dans l'antiquité raviver des images
Qu'à l'âge si joyeux où coulent tant de pleurs,
La férule jamais n'apprit à mes douleurs :
C'est neuf, donc c'est mauvais ; c'est jugé, point d'excuses ;
Je ne sais ce que c'est qu'un sacrifice aux Muses [15].
On livre l'*Arsenal* au cruel JEAN SBOGAR [16] :
Ce monstre obtient sans doute un fraternel regard
D'un visir illustré par ses doctes manies ;
Tant l'amour des bouquins unit les grands génies !

Jules [17] s'est critiqué (dont il peste en secret)
Pour avoir le plaisir de faire son portrait.
Je laisse les croquans de la tourbe profane....
Mais j'ai pourtant reçu le coup de pied de l'âne ;
Je le sens même encor sur ma peau de lion :
De la littérature un chétif embryon,
Un sorcier [18] en magie impertinente et noire,
Dont par malheur pour moi trop clair est le grimoire...
Mais quand tous les mortels fixent sur moi les yeux,
Verront-ils déroger mes vers dignes des dieux ?
Non, si jusqu'au sorcier Lormian se ravale,
Si je daigne combler notre immense intervalle,
Qu'en prose seulement je l'attaque aujourd'hui !
Parbleu ! mes *Contes grecs* [19] sont assez bons pour lui.
Mon pauvre vieux Pégase, à la fin tu te lasses !
Et d'ailleurs ces morveux, frais émoulus des classes,
Éludent tous mes coups aux seuls Autans donnés :
Trompant le double verre à cheval sur mon nez [20],
Ils passent sous le fouet de ma haute critique,
Et grâces à Mercure à présent romantique [21],
Comme un asile ouvert, trouvent en s'échappant
L'église des Larrons où Latouche est Serpent [22].

Que d'ennuis cependant cause la renommée !
Je pèse au poids de l'or sa stérile fumée ;
Cet immortel encens sur lequel je comptais,
Hélas ! vaut encor moins que les bons des Cortès.
Pleurez, Muses, pleurez ! je renonce à la gloire.

Mon ami PARSEVAL n'a pas voulu m'en croire[23].
« Ne donneriez-vous pas, lui dis-je l'autre jour,
» Votre *Philippe-Auguste* avec toute sa cour
» Pour dix mille francs, là, sans honte et sans scrupule ? »
Il m'a répondu : Non. Quel orgueil ridicule !
Eh bien ! moi qu'on accuse à tort de vanité,
Si quelqu'un doute encor de ma véracité,
Qu'il vienne, supprimant tout exorde inutile,
Pour ma *Jérusalem* m'en offrir deux cent mille,
Je touche là, c'est dit ; le chef-d'œuvre est lâché,
Et mon cher *Elfridi* par dessus le marché.

✻✻✻✻✻✻✻✻✻✻✻✻✻✻✻✻✻✻✻✻✻✻✻✻✻✻✻✻✻✻✻✻✻✻✻✻

Scholies.

[1] Voyez l'article intitulé *Premier Sabbat* dans le *Mercure* du 12 novembre 1825.

[2] *Historique*, comme dirait madame la comtesse de Genlis. La congrégation des romantiques se réunissait tous les vendredis dans le sanctuaire de M. Baour, mais un certain soir ils n'y furent point admis, parce que *Monsieur faisait sa cantate*; et ce n'était pas sa faute, s'il lui manquait encore une rime et trois idées à l'heure de la réception.

[3] Quel classique n'a dû apprendre de la Renommée que le valet de chambre de M. Baour-Lormian s'appelle *Boni* ou *Bono ?* car son nom est déclinable comme la gloire de son maître.

[4] Le paysan très-humanisé de la *Vallée-aux-Loups,* le malicieux vengeur des classiques.

[5] Il est à toute force possible qu'on sache que M. Droz a fait une sorte d'Essai ou de Traité sur le Bonheur.

[6] Poëme qui doit être le type du romantique, et que M. Baour veut faire paraître incessamment pour obliger ses adversaires... à convenir de sa supériorité. Nous avions entendu dire jusqu'à présent que c'était une *Elfridie* dont il

(15)

s’agissait, mais il est probable que l’auteur en sait quelque
chose, et d’ailleurs ses héros n’ont pas de sexe, non plus que
le génie dont ils émanent.

7 Il est très-vrai que c’est M. Baour qui s’est surnommé
lui-même *de Lormian*, à l’exemple de plusieurs hommes de
lettres très-connus, tels que MM. Arouet de Voltaire, Damis
de l’Empirée et Nicaud de Silphichlore.

8 Mahomet II fit un jour éventrer quatorze de ses pages,
pour savoir lequel d’entre eux lui avait volé un melon. Quant
au poëte laudatif et versatile, c’est un caractère chimérique
qui ne peut prêter à aucune allusion particulière.

9 *Omasis*, tragédie dans laquelle la femme de Putiphar ne
paraissait pas. On sait, qu’attendu *l’état* de son mari, elle
était peut-être la plus excusable de toutes les dames de moyenne
vertu.

10 Voyez la première satire de M. de Lormian.

11 Voyez les *Femmes Savantes* de M. de Molière.

12 M. Victor Hugo, auteur de Han d’Islande, et collègue
de M. Baour à l’Académie des Jeux Floraux.

13 M. Guiraud, compatriote de la Blanquette de Limoux,
auteur de plusieurs élégies, savoyardes ou non, et d’une
entre autres, dont l’héroïne est anonyme, et dont le titre est :
Mourons.

14 M. le comte Alfred de Vigny. Voyez la *Femme adultère*, le *Somnambule*, *Dolorida*, etc., etc. Le *Moïse* va, dit-
on, paraître ces jours-ci dans un nouveau recueil de poésies
du même auteur.

15 *Léonidas*, acte IV, scène I.

16 M. Charles Nodier, bibliothécaire de l’Arsenal.

¹⁷ M. Jules Lefèvre, qui a publié lui-même dans le *Mercure* une lettre fort sévère sur son *Clocher de Saint-Marc*.

¹⁸ L'auteur du *Sabbat* que nous avons cité dans notre première *scholie*.

¹⁹ Les *Contes d'un Philosophe grec*, par M. Lormian. On attend avec impatience la seconde édition de cet ouvrage qui manque chez tous les libraires ; mais comme on peut l'attendre encore long-temps, nous croyons rendre un vrai service à nos lecteurs en les prévenant qu'on en trouve beaucoup d'exemplaires chez les principaux négocians en épiceries de Paris et des départemens.

²⁰ Les lunettes de M. Baour sont immortalisées par une saillie de madame de Staël.

²¹ Les classiques ont appris avec effroi que le *Mercure*, qu'ils croyaient rentré dans leurs rangs, était au contraire définitivement retombé sous le consulat romantique de M. de Latouche.

²² Vrai serpent en effet ; car il a tout l'esprit et toute la malice de celui qui tenta notre première aïeule. Il faut ajouter aussi qu'il n'en a pas la *reptilité*.

²³ Autre anecdote très-véritable, et qui n'empêche pas que M. Parseval ne soit un homme d'un grand mérite et un excellent homme, aimé de tout le monde, même des romantiques, quoiqu'il lui prenne de temps en temps, à ce qu'il dit, l'envie de les voir pendus avec leurs livres au cou!